AF619845

1913 (Avril 17)

Collection Ch. Abadie

TABLEAUX

MODERNES

1913

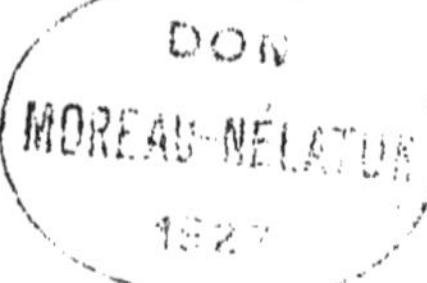
DON
MOREAU-NÉLATON
1927

Collection CH. ABADIE

TABLEAUX MODERNES

CONDITIONS DE LA VENTE

Elle sera faite au comptant.

Les adjudicataires paieront *dix pour cent* en sus des enchères.

CATALOGUE

DES

TABLEAUX

MODERNES

PAR

BOUDIN, BROWN (JOHN-LEWIS), DELPY
GUILLAUMET, HENNER, LAMBINET, LÉPINE, MARILHAT
MONET, PASINI, PENNE (DE), SISLEY, TASSAERT
VEYRASSAT, VOLLON, ZIEM

Composant la

Collection de M. le Dr CHARLES ABADIE

DONT LA VENTE AUX ENCHÈRES PUBLIQUES AURA LIEU A PARIS

HOTEL DROUOT, Salles 7 & 8 réunies

Le Jeudi 17 Avril 1913

à 3 heures

COMMISSAIRE-PRISEUR

Me F. LAIR-DUBREUIL

6, rue Favart, 6

EXPERTS

M. FÉLIX GÉRARD	MM. GRAAT & MADOULÉ
7 *bis*, rue Laffitte, 7 *bis*	6, rue Godot-de-Mauroi, 6

EXPOSITIONS

PARTICULIÈRE : *le Mardi 15 Avril 1913, de 1 h. 1/2 à 6 heures.*

PUBLIQUE : *le Mercredi 16 Avril 1913, de 1 h. 1/2 à 6 heures.*

Entrée par la rue Grange-Batelière

BOUDIN (E.)

N° 1

Tableaux Modernes

BOUDIN

1 — *Le Palais Ducal et la Piazetta, vue prise de San Giorgio.*

Sur le canal, qui forme le premier plan, passent de nombreuses gondoles dont l'une porte des personnages. Au fond, presque au milieu, se détache le Campanile; puis, à droite, le Palais des Doges et d'autres constructions.

A gauche, on aperçoit le commencement des jardins français.

Le ciel, dans lequel passent de gros nuages blancs et gris, est d'un azur qui se reflète harmonieusement dans les flots du canal.

Signé à droite, en bas, et daté : *Venise, 95.*

Toile. Haut., 50 cent.; larg. 74 cent.

Voir la reproduction.

BOUDIN

2 — *La Meuse à Dordrecht.*

La rivière, dont de nombreux bateaux sillonnent le cours, roule ses flots argentés entre deux rives. dont l'une porte de grands arbres, l'autre les maisons de la ville. Au premier plan, une barque conduite par des rameurs; plus au loin, de grands voiliers amarrés dans le port. Le ciel est gris, orné de nombreux nuages blancs.

Signé à droite, en bas, et daté : *94*.

Toile. Haut. 65 cent.; larg. 90 cent.

Voir la reproduction.

BOUDIN (E.)

N° 2

HÉLIO LÉON MAROTTE

BOUDIN

3 — *Lever de lune sur un canal à Saint-Valéry-sur-Somme.*

L'astre de la nuit se reflète dans le canal bordé à droite, par un massif de grands arbres, à gauche, par une berge sur laquelle s'élèvent des constructions aux toits de briques.

Au premier plan, à gauche, deux péniches sont amarrées; au fond, une écluse et quelques bateaux.

Le ciel, d'un gris argenté, est traversé seulement par quelques nuages noirs.

Signé à droite, en bas, et daté : *91*.

Toile. Haut. 46 cent.; larg. 65 cent.

BOUDIN

4 — *La Pointe du Raz-de-Sein (Finistère).*

Tandis qu'à droite une falaise abrupte, déchiquetée par les flots, fait une grosse masse brune que battent des vagues moutonnantes, des rochers émergent. d'ici de là, de la mer couleur émeraude.

Au milieu, sur une roche isolée, se dresse un phare, puis disséminés sur l'Océan, quelques voiles et un vapeur.

Dans le ciel, qui est gris, passent rapides de grosses nuées chargées de pluies.

Signé à droite, en bas, et daté : *97*.

Toile. Haut. 66 cent.; larg. 92 cent.

BOUDIN

5 — *Douarnenez.*

La baie, enserrée entre des collines où s'élèvent les maisons du village, porte sur ses eaux de nombreuses barques de pêche.

La mer est bleue, tandis que le ciel est ennuagé de blanc.

Signé à droite, en bas, et daté : *91*.

Toile. Haut., 36 cent.; larg., 55 cent.

BOUDIN

6 — *La Plage près Trouville.*

La mer, légèrement houleuse, vient rouler son flot écumant sur la plage, où trois pêcheurs transportent une épave. Au fond, à gauche, la côte s'étend jusqu'à l'horizon sous un ciel nuageux.

Signé à gauche, en bas, et daté : *85*.

Toile. Haut., 54 cent.; larg., 79 cent.

BOUDIN

7 — ***Saint-Valéry-en-Caux.***

La mer est calme, c'est le matin, quelques barques de pêche se détachent sur le ciel.

A gauche, la plage, puis la ville s'étageant sur la falaise.

Signé à gauche, en bas, et daté : *86*.

Toile. Haut., 40 cent.; larg., 55 cent.

BOUDIN

8 — ***Un Canal à Dordrecht.***

Signé à gauche, en bas, et daté : *85*.

Bois. Haut., 35 cent.; larg., 26 cent.

BOUDIN

9 — ***Le Port de Trouville à marée haute.***

Signé à droite, en bas, et daté : *91*.

Bois. Haut., 37 cent.; larg., 46 cent.

BOUDIN

10 — *Un Canal à Dordrecht.*

Signé à gauche, en bas, et daté : *84.*

Bois. Haut., 26 cent. ; larg., 34 cent.

BROWN (John-Lewis)

11 — *Chasse au faucon.*

Sur la plage, une amazone à cheval cause à un chasseur debout auprès de son cheval blanc.

A gauche, un cavalier en habit rouge à la française, puis un piqueur qui tient des faucons ; sur le sol, un héron tué.

Signé à droite, en bas, et daté : *1878.*

Toile. Haut., 81 cent. ; larg., 97 cent.

BROWN (John-Lewis)

12 — *Le Départ pour la promenade.*

Dans une rue, aux maisons anciennes coiffées de toits d'ardoises, quelques seigneurs, ainsi qu'une dame en toilette de soie rose, s'entretiennent en attendant le départ.

Déjà un cavalier est monté en selle, tandis qu'à gauche un cheval blanc, tenu en main, attend son cavalier.

Dans le fond, un carosse attend le bon vouloir des promeneurs.

Signé à gauche, en bas, et daté : *1871*.

Toile. Haut., 46 cent. ; larg., 58 cent.

DELPY (H.-C.)

13 — *Les Lavandières à Gassicourt.*

Signé à gauche, en bas, et daté : *1898*.

Bois. Haut., 44 cent. ; larg., 71 cent.

GUILLAUMET

14 — *Un Campement dans l'oasis.*

A la fin du jour, des Arabes vaquent au soin de l'établissement du campement, leurs chevaux dessellés auprès d'eux.

Signé à droite, en bas, et daté: *1880*.

Toile. Haut., 54 cent.; larg., 79 cent.

GUILLAUMET

15 — *Laveuses à El-Kantara.*

Signé à droite, en bas.

Toile. Haut., 50 cent.; larg., 71 cent.

HENNER

N° 16

HÉLIO LÉON MAROTTE

HENNER

16 — *Tête de jeune fille.*

Elle est vue de profil à gauche, vêtue d'un corsage bleu échancré sur la poitrine ; de beaux cheveux blonds encadrent sa figure dont la carnation rosée se détache sur un fond sombre.

Signé à gauche, vers le bas.

Toile. Haut., 46 cent. ; larg., 38 cent.

Voir la reproduction.

LAMBINET

17 — ***La Ferme au bord de l'eau.***

Sur le bord d'une rivière aux eaux claires, près de laquelle la petite ferme a été construite, des animaux paissent dans une prairie qui descend en pente douce ; à gauche, des arbres aux frondaisons d'automne.

Signé à droite, en bas.

Toile. Haut., 35 cent. ; larg., 46 cent.

LAMBINET

18 — ***La Passerelle.***

A gauche, en bas, le timbre de la vente ; au dos, le cachet de cire.

Toile. Haut., 33 cent. ; larg., 46 cent.

LÉPINE

19 — ***L'Ancienne Estacade du pont Sully.***

A droite, en bas, le timbre de la vente.

Bois. Haut., 26 cent. ; larg., 34 cent.

MARILHAT

20 — ***Allée de Palmiers.***

Bois. Haut., 82 cent. ; larg., 56 cent.

MONET (CLAUDE)

N° 21

HÉLIO LÉON MAROTTE

MONET (Claude)

21 — *Les Berges de la Seine à Lavacourt.*

Le fleuve coule au pied des coteaux que dorent les rayons d'un soleil d'été.

A gauche, sur la berge ou s'élèvent les maisons du village, ombragé de grands arbres, quelques personnes sont assises, regardant s'avancer sur la Seine un remorqueur.

A droite, sur le gazon, un troupeau d'oies prend ses ébats.

Dans le ciel courent quelques nuages.

Signé à droite, en bas.

Toile. Haut., 60 cent.; larg., 81 cent.

Voir la reproduction.

PASINI (C.)

22 — ***Le Gardien de la mosquée.***

Un personnage vêtu de rouge, turban blanc, est adossé au mur d'une mosquée persane, dans laquelle s'ouvre une fenêtre grillagée, ornée au-dessus de carreaux de mosaïque.

Au premier plan poussent des courges, dont les feuilles et les fruits s'étalent sur le sol.

Signé à droite, en bas.

Toile. Haut., 46 cent.; larg., 27 cent.

PENNE (De)

23 — ***Relai de chiens en forêt.***

Trois chiens, dont l'un est couché, sont arrêtés sous un taillis, dans les branches duquel sont accrochés un fusil, une gibecière et un lièvre.

Signé à gauche, en bas.

Bois. Haut., 40 cent.; larg., 32 cent.

SISLEY

N° 24

HÉLIO LÉON MAROTTE

SISLEY

24 — *La Passerelle.*

Sur une passerelle de bois longeant la rivière, deux hommes tirent sur une corde. A droite, en bordure de la berge, de grands arbres aux frondaisons vertes et touffues; sur la gauche, des maisonnettes à toits rouges, émergent de bouquets d'arbres. Au fond, le pont et la tour de Moret.

Signé à droite, vers le bas.

Toile. Haut., 50 cent.; larg., 65 cent.

Voir la reproduction.

SISLEY

25 — *Le Printemps à Moret-sur-Loing.*

Au milieu, à travers les grands peupliers qui bordent la rivière, on aperçoit l'église de Moret; à gauche, sur la berge, un grand arbre étend ses panaches feuillus, au travers desquels se jouent les rayons du soleil.

Signé à gauche, en bas.

Toile. Haut., 39 cent.; larg., 56 cent.

Voir la reproduction

SISLEY

No 25

HÉLIO LÉON MAROTTE

SISLEY

26 — *Les Bords du Loing au printemps.*

La rivière coule limpide, reflétant dans ses eaux les reflets d'un ciel ennuagé de blanc.

Dans la prairie, au bord de l'eau, poussent de grands peupliers, dont les frondaisons printanières, comme aussi les jeunes bourgeons, commencent à se manifester.

Signé à gauche, en bas, et daté : *97.*

Toile. Haut., 54 cent.; larg., 65 cent.

SISLEY

27 — *Le Troupeau d'oies.*

Sur la berge, au bord du Loing, un paysan garde une troupe d'oies ; de l'autre côté de la rive, quelques maisons aux toits rouges se détachent, sur un ciel nuageux.

Pastel.

Signé à droite, en bas.

Haut., 37 cent ; larg., 45 cent.

TASSAERT

28 — *Renaud dans les jardins d'Armide.*

Renaud, revêtu de blanc, est debout au milieu d'un groupe de jeunes femmes, qui viennent de prendre leurs ébats dans la rivière.

Tandis qu'elles cherchent à le retenir, un autre chevalier, montrant du bras le fond des jardins, veut décider Renaud à le suivre. A droite, un grand bouquet d'arbres où se joue une ronde d'amours.

Signé à droite, en bas, et daté : *1852*.

Toile. Haut., 73 cent.; larg., 59 cent.

Voir la reproduction.

TASSAERT

N° 28

VEYRASSAT

B.A. EST

N° 29

VEYRASSAT (J.)

29 — *Le Bac.*

Un bac, chargé de quatre chevaux, traverse la rivière, à droite, sur la berge, un paysan, conduisant deux autres chevaux attend son tour de passage. Au fond, à gauche, dans une atmosphère blonde de fin de journée d'été, l'autre rive.

Signé à droite, en bas.

Toile. Haut., 30 cent.; larg., 42 cent.

Voir la reproduction.

VEYRASSAT (J.)

30 — *Une Rue en Italie.*

Dans une rue d'un village d'Italie, deux chevaux, l'un blanc, l'autre brun, sont arrêtés à la porte d'une maison. Auprès d'eux se tient, en outre du conducteur, une femme portant une amphore sur la tête.

Au fond, devant une maison toute ensoleillée, passe un char tiré par deux bœufs.

Signé à gauche, en bas.

Toile. Haut., 47 cent.; larg., 36 cent.

VOLLON (Antoine)

31 — *Pêches et raisins.*

Signé à gauche, en bas.

Toile. Haut., 23 cent.; larg., 31 cent.

ZIEN

N° 32

HÉLIO LÉON MAROTTE

ZIEM

32 — *Les Jardins français à Venise.*

Au déclin d'une belle journée d'été, une lumière chaude et dorée emplit l'atmosphère. Le Grand Canal traversé au premier plan par une gondole étale avec calme ses eaux bleues et transparentes. Plus loin, les jardins français dessinent harmonieusement la silhouette de leurs grands arbres sur le ciel ; au centre, l'escalier où se tiennent quelques promeneurs. A droite, aux pieds des balustres du jardin, quelques barques aux voiles multicolores.

Signé à droite.

Toile. Haut., 70 cent.; larg., 108 cent.

Voir la reproduction.

ZIEM

33 — *Coucher de soleil sur le Grand Canal.*

Tout resplendit de lumière et les mouvements à droite sont enveloppés dans une brume d'or.

Sur le quai, de nombreux personnages assistent à l'arrivée d'une gondole conduite par un batelier à casaque rouge, tandis que des mercantis accroupis sur le sol offrent leurs marchandises.

A gauche, se profilant dans le ciel, la poupe d'une grande galère dont le mât élancé laisse flotter à sa corne une oriflamme rose.

Signé à gauche, en bas.

Bois. Haut., 59 cent.; larg., 73 cent.

Voir la reproduction.

ZIEM

N° 33

ZIEM

No 34

ZIEM

34 — *Après-midi d'été à Venise.*

Sur les flots bleus du Grand Canal, passe au premier plan une gondole poussée par un batelier.

A droite, le Palais des Doges et quelques barques aux voiles jaunes ; à gauche, d'autres voiles encore dorées par le soleil.

Au milieu, se reflétant dans le canal, une grande barque à deux mâts dont l'un porte ses filets pliés, l'autre une voile rouge qui se découpe harmonieusement sur un ciel bleu.

Signé à droite, en bas.

Toile. Haut., 75 cent.; larg., 108 cent.

Voir la reproduction.

ZIEM

35 — *Venise. Coucher de soleil.*

Dans une lumière d'or se détachent à gauche, l'église Sainte-Marie-Majeure et des constructions qui vont se perdre dans le lointain.

De l'église partent deux gondoles, tandis qu'une barque montée par de nombreux rameurs est arrêtée au pied d'un petit môle.

A droite, se profilant dans le ciel, une barque aux voiles déployées : puis, au premier plan, quelques piquets en bois où s'enroulent les amarres.

Signé à gauche, en bas.

Toile. Haut., 60 cent.; larg., 81 cent.

Voir la reproduction.

ZIEM

No 35

HÉLIO LÉON MAROTTE

ZIEM

36 — *La Voile jaune, à Venise.*

Sur un canal aux eaux azurées passe une grosse barque aux flancs rebondis, dont l'unique mât s'orne d'une petite voile jaune.

A droite, au fond, les constructions de Saint-Georges Majeur se reflètent dans le canal ; à gauche, une gondole file rapide.

Signé à gauche, en bas.

Bois. Haut., 51 cent.; larg., 66 cent.

ZIEM

37 — *Le Pont du Rialto.*

Le canal est bordé à droite et à gauche par des monuments ; au premier plan, une gondole poussée par son batelier le traverse. Au fond, le pont du Rialto réunit les deux rives.

Signé à droite, en bas.

Bois. Haut., 44 cent. ; larg., 64 cent.

ZIEM

38 — *L'Éclaircie.*

Les nuages, précurseurs de la pluie prochaine, s'amoncellent au-dessus de la ville et du canal, au milieu duquel un batelier pousse hâtivement sa gondole.

A droite, Saint-Georges-Majeur dessine sa silhouette sur un ciel plombeux ; à l'horizon, une éclaircie laisse tomber sa note argentée sur quelques édifices et sur le Grand Canal.

Bois. Haut., 46 cent.; larg., 68 cent.

ZIEM

39 — *Florence, vue de Fiesole.*

Signé à gauche, en bas.

Toile. Haut., 17 cent.; larg., 30 cent.

ZIEM

40 — *L'Arno à Florence.*

Signé à droite, en bas.

Bois. Haut., 23 cent.; larg., 39 cent

ZIEM

41 — *Une Ruelle à Constantinople.*

Signé à gauche, en bas.

Carton. Haut., 32 cent.; larg., 28 cent.

ZIEM

42 — *La Mer aux Martigues.*

Signé à droite, en bas.

Toile. Haut., 26 cent.; larg., 37 cent.

ZIEM

43 — *Une Rue à Séville.*

Signé à gauche.

Carton. Haut., 23 cent.; larg., 32 cent.

www.ingramcontent.com/pod-product-compliance
Ingram Content Group UK Ltd.
Pitfield, Milton Keynes, MK11 3LW, UK
UKHW021656260726
13994UKWH00003B/1483

9 782329 371320